NIKI MONTANER KLEIN

VLAZ

Y EL CASTILLO DEL GRADÓN

2020

Vlaz y el Castillo del Dragón
Portada: Kike Olmedo

MB Ediciones
Manuel Domínguez 932
Lambaré-Paraguay
Teléfono: (595 994) 359567
e-mail: libros@mbediciones.com

Agosto 2020
ISBN: 978-99925-999-0-7

A Papu y Pipo,
inspiración de este libro

CAPÍTULO 1

La taberna de Cuplock era una de las más grandes de la ciudad de Unul, la segunda en importancia del imperio, y dentro de ella, al fondo, estaba una barra que recorría casi el ancho del salón, y detrás de ésta, dos cantineros humanos bastante corpulentos, servían las bebidas solicitadas por los clientes. Las mesas pequeñas y redondas estaban distribuidas muy ordenadamente, sin manteles mostrando lo rústico del material con que estaban hechos. Unas lámparas a aceite colgaban de las vigas que sirven de soporte para el segundo piso, iluminando pálidamente a las personas sentadas, algunos conversando tranquilamente y otros, sin embargo, en un tono bajo para que los demás no los oigan susurraban sus palabras. Una mujer ataviada con prendas rústicas, estaba limpiando una de las mesas que se acababa de desocupar, llevando los vasos y las botellas, de vuelta a la barra.

Repentinamente ingresa a la taberna una joven y hermosa mujer, de largos cabellos rubios, ojos azules y el cuerpo cubierto por una elegante y costosa capa roja. Los ocupantes del lugar quedaron perplejos ante tanta belleza que con pasos seguros se acerca a una de las mesas, la más alejada de todas, ocupada por dos figuras, aparentemente humanas. Al llegar, una de las personas, que llevaba puesto un atuendo elegante, con pantalones, chaqueta de cuero, camisa de tela fina y una gran espada sujeta al cinturón, se levanta para saludar a la dama, el otro hombre, vestido con una elegante túnica de color marrón oscuro, hace lo mismo.

- ¿Me permiten sentarme? –pregunta la dama-

- ¡Cómo no! -se apresura a contestar el hombre elegante, que visto de cerca es mucho más imponente y musculoso-

- Soy Ailynara Velkein y me dijeron que ustedes podrían ayudarme.

- Si está en nuestras posibilidades. Soy Vlaz Montain y él, Pierre Angelos, ¿En qué podemos ayudarla? ¿Señora o señorita?

- Señorita por favor -responde la dama frunciendo el entrecejo con cierto aire de soberbia- Acudo a ustedes por un problema muy privado y muy urgente.

- Cuéntenos el problema -apresura a decir Pierre-
- Aquí no, puede ser peligroso. Mejor será que vayamos a mi casa. Pero antes permítanme pagar su cuenta.
- Disculpe señorita -repara Vlaz- no quisiera ser grosero, pero no acostumbramos a ir con personas desconocidas, por más bellas que estas sean.
- Si entiendo, Lord Kentor me dijo que eso pasaría, por eso me dio este pergamino para que les entregue.

La mujer extiende su mano y entrega a Vlaz un pedazo de pergamino enrollado y lacrado con el sello del hombre más rico de Unul, quién ha utilizado en un sin número de veces los servicios de ellos y quienes le tienen un enorme aprecio y confianza. Vlaz lo abre y le hecha una pequeña mirada al texto dentro de ella:

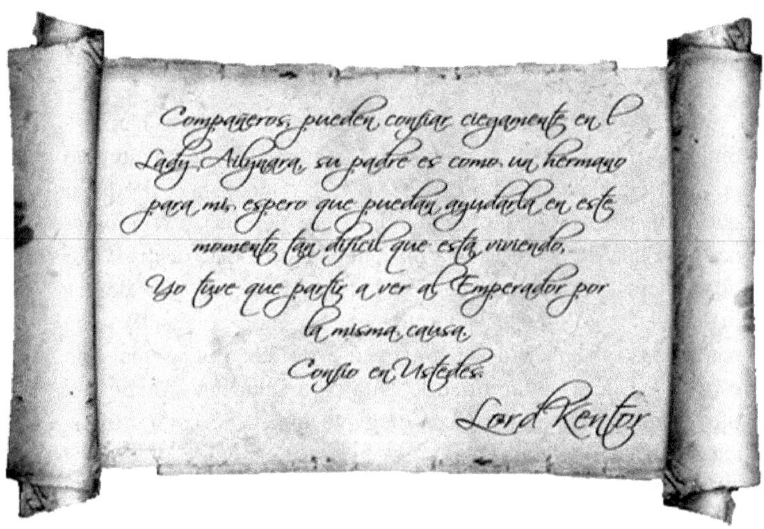

Compañeros, pueden confiar ciegamente en Lady Ailynara, su padre es como un hermano para mi, espero que puedan ayudarla en este momento tan difícil que está viviendo.
Yo tuve que partir a ver al Emperador por la misma causa.
Confío en Ustedes.
Lord Kentor

Vlaz pasa el pergamino a Pierre y hace un gesto a la dama para partir, salen los tres de la taberna; Vlaz y Pierre montan en sus caballos y Ailynara sube a su pequeño carruaje donde la esperaba un chofer, al cual miran con recelo por ser un enano bastante "grande" para su raza. Apresuradamente el carruaje avanza por las calles de la ciudad seguido por los jinetes dirigiéndose hacia la salida norte donde se encuentran la mayor cantidad de fincas y casa lujosas. Luego de recorrer un gran trecho por un angosto camino bordeado de frondosos árboles, llegan a una enorme muralla con un gran portón en el centro; al abrirse el portón se puede observar un castillo enorme. Seis perros y dos guardias los reciben en la entrada y los acompañan hasta la puerta, desde donde son conducidos a una pequeña, pero elegante sala, adornada con finos tapices que ilustran escenas de luchas de caballeros y cuadros de personas que serían ascendientes de la familia dueña del lugar. Cortinas de terciopelo rojo cubren parcialmente los amplios ventanales con vista a un lago que es alumbrado por la pálida luna que va subiendo en el horizonte. Una vez acomodados en mullidos y confortables sillones de piel de camello, les sirven, en unas copas de cristal con incrustaciones de oro, el que sería el mejor vino que hayan probado en sus vidas, entonces Ailynara les cuenta su problema.

- Mi padre fue secuestrado por unos bandidos y piden 10.000 coronas de oro por su rescate.
- Esa es una suma muy grande para que unos simples secuestradores la pidan -comenta Pierre- será más de lo que cuesta esta propiedad inclusive.
- ¿Por qué simplemente no pagas el rescate? Ya que por lo que podemos ver, "oro" no debe ser un problema -dice Vlaz-
- Porque no creo que sea solamente dinero lo que están buscando ya que mi padre es uno de los emisarios más importantes del Emperador, y creo que detrás de esto hay algo más.
- ¿Y qué quieres que hagamos nosotros? -pregunta Pierre-
- Quiero que lo rescaten, les daré a ambos cuatro mil coronas de oro, ¿Qué les parece?, con esto tendrían para retirarse por un tiempo.
- Deberíamos pensarlo, puesto que, si con toda esta guardia pudieron secuestrarlo, imagino que los secuestradores, o son muy profesionales, cosa no muy común por aquí, o son de las tierras del Grownder, y eso sería una situación de mucho riesgo.
- Está bien -dice Ailynara- ¿por qué no se quedan aquí esta noche y así discutimos en la cena?
- Sería una magnífica idea –responde Vlaz, al cual le estaba comenzando a gustar tanto el vino como la comodidad del castillo-

Un mayordomo los guía hasta la planta alta conduciéndolos por un largo pasillo adornado con un sin número de pinturas originales, estatuas no menos bellas y armaduras brillantes. Llegan al final del corredor y el sirviente les muestra un par de dormitorios.
- Aquí podrán descansar y asearse para la cena.

Un baño con agua caliente en tinas de bronce, un breve descanso en una mullida cama con sábanas de seda y almohadas de pluma de ganso, hacen que los aventureros se sientan en el paraíso. Tiempo después, el mayordomo se presenta y los invita a ir al comedor para cenar; ellos lo acompañan hasta el gran comedor situado en la planta baja del castillo. La joven ya se encuentra sentada en unas de las puntas de la mesa de roble de aproximadamente 12 metros de largo, iluminada por una araña gigantesca, y candelabros de oro con magnífico acabado.

Se sientan al costado izquierdo de la anfitriona y una melodía suave empieza a sonar de un pequeño escenario en el cual se encuentran tres músicos. Unos seis sirvientes se encargan de servir la cena preparada con carne asada, cerdo, pollo y una gran variedad de ensaladas. De pronto otra joven, tan hermosa como la primera, de largos cabellos negros, piel blanca e increíble figura, se hace presente en el salón, era su hermana menor, se presenta como Gabrielle Velkein. La joven toma asiento en el costado derecho de Ailynara.

La cena se desarrollaba entre una amena charla, tocando varios temas tantos personales como los necesarios para dar datos claves en la búsqueda de pistas posibles que ayuden a encontrar a su padre o descubrir quién o quiénes podrían ser los secuestradores, la forma en que actuaron, las armas que usaron, entre otras. Al tocar este punto, un pequeño detalle les llamó la atención a Vlaz y a Pierre,
- Una de las espadas -dice Gabrielle- tenía una araña negra enorme cerca del mango.

Recordó Vlaz que estudiando en Talabheim, observó que los Piratas Mercenarios de las Aguas Negras, quienes eran los más

crueles de ese enorme lago, poseían una araña "Viuda Negra" en su escudo y cuando uno de ellos mataba por primera vez estando con los piratas, se le grababa una araña en su arma favorita y de este modo todo aquel que lo veía con el arma en la mano, sabía que tenía que tener mucho cuidado, ya que podía costarle la vida si hacía algo que no le agradara al portador de dicha arma.
- Entonces debemos dirigirnos a Karak Varn, que se encuentra al borde del Lago de Aguas Negras -comenta Vlaz- En esa ciudad podremos indagar mejor y hasta descubrir el escondite de los Piratas.
- ¿Entonces?, ¿Nos ayudarán? –pregunta Gabrielle-
- Está bien -dice Pierre- pero primero indagaremos con los pobladores de esta zona para saber más detalles.
- Partirán cuanto antes -dice Ailynara sonando más a orden que a comentario-
- No es tan fácil -repara Pierre- antes debemos ir a la ciudad a buscar algunas cosas.
- Pierre tiene razón -acota Vlaz- y además necesitamos un pequeño adelanto para comprar algunas armas, ropas, comidas y otras cosas que nos serán muy necesarias.
- Muy bien -responde Gabrielle- les daremos un adelanto de 400 coronas de oro a ambos y además para asegurarnos que todo vaya bien, mi mejor guardia irá con ustedes.
- ¡Drogus! -llama Ailynara- y en cuestión de segundos un enano guerrero (los enanos son los más fuertes entre todas las razas que habitan el imperio)
- A su orden señorita -responde el corpulento guardaespaldas-

A Pierre y Vlaz no les causó mucha gracia, ya que enanos y humanos no se llevan muy bien, pero, sin embargo, no tenían otra opción. Para los enanos, los humanos son débiles y para los humanos, los enanos son muy poco inteligentes. Pero luego de un poco de diálogo que mantuvieron para poner algunas cosas en claro, descubrieron que el enano era bastante inteligente, educado y muy agradable, y al enano por su parte, no le parecieron tan débiles los humanos, sobre todo Vlaz que era enorme.
- Bueno -dice Vlaz- ya es tarde y mañana temprano iremos a comprar las provisiones para ponernos en camino al mediodía.

-Estoy de acuerdo -comenta Pierre- por lo tanto, con vuestro permiso nos retiramos a descansar. Buenas noches.
-Buenas noches -responden ambas jóvenes, al unísono-

... Al mañana muy temprano, Drogus despierta a ambos caballeros, quienes se visten y van a la mesa del comedor y encuentran a las hermanas ya despiertas, y vestidas con túnicas de colores claros, collares planos de oro y unos brazaletes anchos de oro que se asemejan mucho a las utilizadas por las amazonas del bosque. Este último detalle llamó mucho la atención de Pierre, pero no le dio mucha importancia en ese momento, sobre todo porque la mesa ya estaba repleta de las más deliciosas frutas, algunas tan exóticas que nunca en su vida las había visto.

Después del desayuno, prepararon las carretas con las que irán al pueblo, Drogus también los acompañó ya que él también debía comprar cosas que necesitaría. Ailynara dio a Vlaz el adelanto pedido por ambos y parten de inmediato.

Al llegar a la ciudad estacionan la carreta en un lugar cerca del mercado, allí se separan, Vlaz va a la armería, Pierre a una botica, lugar donde se vende hierbas mágicas y elixires de todo tipo, y mientras tanto Drogus va a comprar comida y equipos para el campamento y las paradas que tendrán durante el camino.

Vlaz ingresa a la armería y saluda a Grul, dueño de la tienda y compañero de muchas batallas cuando ambos servían en el ejército imperial. Grul era uno de los capitanes que más campañas lideró repeliendo a las hordas caóticas en los límites del imperio. Como en otras ocasiones, Vlaz consiguió varias armas de distancia y trampas para proteger los campamentos que organizarán durante su travesía.

Pierre por su parte, en la botica, busca algunas hierbas medicinales y algunas sustancias para realizar sus pociones y sus hechizos. Mirando los estantes encuentra una hierba muy rara, y muy costosa, que es la base para realizar una de las posiciones más poderosas, el cual, al prepararse de forma correcta y realizar un conjuro, puede hacer que cualquier grupo de seres vivos caigan en un sueño profundo, inclusive si se encuentran a varios metros de distancia de los objetivos.

A la hora acordada se reúnen para regresar al castillo y prepararse para la partida.

Al llegar, Ailynara y Gabrielle los reciben y conducen al patio de atrás donde está preparado un festín de despedida. Mesas con finos manteles de lino con bordados de oro, y sobre ellas manjares dignos de la más suntuosa fiesta en el Palacio Imperial. Una música tranquila suena de una pequeña banda de cuerdas. Durante el almuerzo, las hermanas hacen varias preguntas relativas al viaje, muchos detalles, sobre todo de la seguridad. Esto le pareció curiosamente extraño a Pierre, pero se abstuvo de hacer comentarios al respecto creyendo que es la curiosidad propia de la misión.

CAPÍTULO 2

Los caballeros se despiden de las damas y son dirigidos por los sirvientes al frente de la mansión donde está todo preparado para la partida. Vlaz monta en su caballo, Pierre ata el suyo a una carreta de carga pequeña en la que van las armas y algunos víveres. La carreta tiene una carpa en forma semicircular que protege las herramientas y demás bienes. Mientras tanto Drogus cierra la puerta de su carro que está hecho de madera y metal totalmente blindado, como si fuera un tanque, dentro, según Drogus, van los equipos más delicados y los víveres que podrían descomponerse con el viento, el agua, y otras condiciones climatológicas que seguramente hallarán por el camino.

Salen del castillo en fila, primero Vlaz, luego Pierre y al último Drogus. Algo inquieta a Pierre, "Tal vez me esté olvidando de una cosa" se dice a sí mismo para tranquilizarse, pero al mirar la carreta blindada volvía la inquietud a su mente, algo había en esa carreta que lo ponía nervioso. Además, su intuición casi siempre acertaba ya que su padre era un mago muy famoso que tenía el don de adivinar o intuir con gran certeza los posibles peligros que estuvieran cerca.

Vlaz coloca el caballo al lado de la carreta que es conducida por Pierre para poder conversar mejor con su inseparable compañero y amigo.

- Algo en esa carreta creo que nos pondrá en peligro durante el viaje.
- Tienes razón Pierre, hay algo que Drogus nos está ocultando sobre lo que hay dentro de la carreta blindada.

...

Cabalgan toda la tarde, cuando oscurecía llegaron a una posada unos varios kilómetros antes de la ciudad de Ulrich, por donde cruzarían el río Gle[illegible]sa cerca de la media mañana. El lugar se veía desolado, muy descuidado, pero aun así deciden quedarse ya que serían presa fácil de los ladrones que abundan por la cercanía de los bosques húmedos.

Vlaz desmonta y pide a los demás que lo esperen para estar seguros de que es un buen lugar para quedarse. Al entrar Vlaz observa que el lugar está casi vacío, sólo se ve a un anciano sentado en una esquina bebiendo lo que parece ser aguardiente, y al posadero sentado detrás de la barra, que al ver a Vlaz entrar toma una ballesta y lo apunta.

- ¿Qué desea? -Pregunta el posadero-
-Sólo queremos quedarnos esta noche, tendrá lugar supongo.

La tranquila actitud de Vlaz causó una buena impresión en el posadero, pero sin embargo queda con un poco de desconfianza.

- ¿Y qué cosas llevan?
- Llevamos algunos regalos y víveres para el viaje.
- Muy bien, me queda solo una habitación, le costará 8 piezas de plata (1 corona de oro se divide en 20 piezas de plata, 1 pieza de plata en 12 peniques de bronce)
- Está bien, pero supongo que incluye desayuno.
- No generalmente, pero porque me cae bien voy a hacer una excepción.
- ¿Tendría lugar para guardar las carretas y los caballos?
- Claro, tengo un establo detrás de la posada, pero le costará 1 pieza de plata y seis peniques por las carretas y caballos.

Vlaz regresa con sus amigos y les comenta lo sucedido, entonces Drogus dice que se quedará a dormir en la carreta para evitar los posibles robos. Llevan las carretas y los caballos al establo, les dan agua y heno, y posteriormente van los tres a cenar.

Cuando entran, el posadero nota que uno de los forasteros es un enano y va a pedirle que se retire del lugar, pero Pierre, utilizando su capacidad de convencimiento logra persuadir al posadero, diciendo que era su guardaespaldas y que dormiría en el establo.

Pese al estado del lugar, la cena sin embargo estaba bastante rica y sobreabundante, como Drogus enfatizó en algún momento. Cerdo asado con vegetales y una jarra de un muy espirituoso hidromiel, hizo que los tres repusieran fuerzas luego de una larga jornada.

Al terminar de cenar, Drogus se dirige al establo, mientras Pierre y Vlaz se dirigen a su habitación en el segundo piso. Al abrir la puerta encuentran dos camas rústicas ubicadas cada una contra las paredes laterales, una mesa con un cuenco y una jarra con agua para el aseo, y una ventana en medio de las dos camas. Se acuestan y pronto se quedan dormidos ya que estaban rendidos.

Vlaz se despierta al escuchar unos pasos por el corredor dirigiéndose a su habitación; apresuradamente despierta a Pierre y toma su espalda colocándose detrás de la puerta, en ese momento se siente el picaporte que se mueve y la puerta comienza a abrirse lentamente. Una mano negra con una daga aparece silenciosamente por la puerta, Vlaz toma la mano y trata desarmar al intruso...

Comienza una lucha intensa, detrás del intruso hacen su aparición dos más pero Pierre ya estaba preparado y lanza un golpe de aire (truco mágico que es muy efectivo en batallas cuerpo a cuerpo) que deja tirado a los dos últimos, mientras tanto Vlaz arroja sobre la cama al primer intruso y al tirarse sobre él oye un quejido que suena como una mujer, Pierre enciende una vela, Vlaz quita la máscara al intruso y para su sorpresa descubre que se trata de una bellísima mujer con ojos claros, piel blanca y con un tatuaje de dragón en el cuello hacia el lado derecho. Vlaz desarma a la joven y le pregunta quién es y qué hace ahí; en ese momento Pierre se da cuenta que los intrusos que estaban tumbados en el suelo ya habían desaparecido. La joven de una patada sorpresiva en el estómago de Vlaz y desaparece por la ventana. Vlaz y Pierre tratan de seguirla, pero ya era tarde, la joven había saltado del segundo piso, tomó su caballo y se esfumó por el bosque lindante con la posada. En esos momentos ya estaba amaneciendo por lo deciden bajar a desayunar y ponerse en marcha lo antes posible.

Al bajar al comedor Drogus ocupaba ya una mesa con el desayuno listo para los caballeros. Después de haber desayunado, parten hacia Kayak Varn, que estaría a unos dos días de viaje, siguiendo el borde del río Aver hacia la ciudad de Nalin donde tomarían el desvío a la ciudad de Tenor, que es más seguro, pero a la vez más largo. Al transcurrir unas horas Drogus comenta con Vlaz que conoce un atajo, construido por los enanos en la época que estos eran perseguidos, y se encontraba sin uso, ya que como sólo los enanos lo conocían ya nadie lo transitaba. Yendo por ese atajo ahorrarían casi medio día. Considerando que ya no existían posadas por el camino hasta llegar a la ciudad Tenor, le pareció una excelente idea. Sería más seguro pasar la noche en un lugar que ya no era transitado, que al costado del camino donde sin dudas serían víctimas de asaltantes o asesinos como les ocurrió la noche anterior.

- Pierre no te parece extraño que el posadero nos haya dicho que no oyó nada anoche, ya que su cuarto se encontraba bajo la nuestra.
- Tienes razón, es muy extraño, pero ya sabes que lo posaderos no son muy comunicativos en este tipo de eventos, sobre todo por el temor que los delincuentes vuelvan.

Al cabo de unas horas llegan al punto donde se encuentra la entrada al atajo. Es como un pequeño túnel en la espesura del bosque.

- Esperen aquí -dice Drogus- mientras entra al oscuro túnel.

Repentinamente comienza a moverse una parte de la enramada y ante el asombro de ambos humanos, empiezan a divisar el camino de los enanos, aún en evidente estado de abandono, parece ser transitable.

- Este tipo de camino había por todos los rincones del imperio, pero los soldados del Growner lo descubrieron y tuvimos que cerrar todas las entradas y salidas, pero todavía quedan tres que no fueron descubiertas, ésta, la del templo sagrado enano y la que llega hasta la costa misma de las Aguas Negras.

Al estar toda la caravana dentro, Drogus cierra de nuevo la entrada inhabilitando para que nadie de afuera pudiera entrar. Al pasar un poco más de tres horas, Vlaz observa que una línea de humo sale del bosque por un lado del camino.

-Alto -dice Vlaz- esperen aquí voy a revisar.

Desmonta con rapidez y se asoma muy silenciosamente, utilizando su habilidad de movimiento silencioso que le permite moverse por los bosques sin hacer el menor ruido. Se coloca detrás de un gran árbol y desde allí logra observar una pequeña horda de seres muy peligrosos que viven detrás las montañas, en las tierras oscuras. Había también una carreta muy lujosa que obviamente no les pertenecía. Vlaz regresa con los demás y comenta sobre el pequeño grupo del Growonder que vio.

-Son 5 Goblins, 3 Orcos y 1 Guerrero del Growonder al parecer de no muy alto rango. (Los Goblins son bajos, la mayoría está alrededor del metro y cincuenta centímetros de altura. Sus cuerpos son curvados, retorcidos y sucios, y sus caras son deformes y astutas. El color de su piel varía mucho; algunos son pálidos y verdosos, y otros son casi negros. Los Orcos son poderosos guerreros, los más duros y grandes de la raza Goblinoides, suelen alcanzar más de 2 metros de altura. Son monstruos repulsivos, robustos, con piernas torcidas y un modo de andar como los monos, brazos largos y caras brutales con enormes dientes y mandíbulas. La piel suele ser verdosa o marrón oliva oscura, y está cubierta de cicatrices, verrugas y mugre. Los Guerreros del Growonder son servidores y adoradores de los extraños dioses del Growonder, están dotados por su dios de una o más Marcas del Growonder que, por lo general, son mutaciones físicas. Poseen armadura, que también es un regalo, y puede tener propiedades mágicas)

Vlaz pide a Pierre que prepare un sortilegio que pueda hacer dormir por unas horas a la patrulla del Growonder; ese tiempo sería suficiente para que ellos ya se encuentren bastante alejados del lugar.

Luego de unos 15 minutos ya tiene preparado el conjuro, lamentablemente realizar el hechizo le tomará mucha fuerza por lo seguramente quedará exhausto. Sin darse cuenta de lo que estaba sucediendo los patrulleros negros empezaron a dormir de uno a uno hasta que todos quedaron inconscientes. Luego de unos minutos, y al estar seguros de que los miembros de la patrulla se hallan completamente dormidos, se acercan para saber de qué puede tratarse la carreta. Al llegar junto a ella descubren que posee el mismo emblema que la carreta blindada que los acompaña...

- Evidentemente se trata de la carreta de Lord Velkein, pero por las marcas veo que ya estaba vacía cuando estos seres la encontraron. No hay pistas que seguir y no creo que valga la pena interrogar a estos.
- Tienes razón Vlaz, debemos continuar, para alejarnos lo más posible, ya que estaremos contra el viento y podríamos ser detectados cuando despierten.

Rápidamente prosiguen la marcha y llegan hasta los límites del bosque, allí hacen el campamento. La noche ya estaba llegando a su fin cuando terminan la tarea y se preparan para dormir un poco. Algo sigue inquietando a Pierre, esa carreta no le inspira mucha confianza, se encuentra cerrada y que sólo Drogus lo abre para sacar los víveres a ser usados; pero le resta importancia y se queda dormido.

CAPÍTULO 3

Poco después del amanecer, Drogus (era el último en hacer guardia) escucha ruidos de pasos en la hierba inmediatamente despierta a los demás y van a revisar. Escondidos en la maleza logran ver que es una amazona montando un unicornio blanco; Una mujer, alta y bonita, que aparentemente aprovecha los primeros rayos del sol para cazar, ya que lleva consigo un arco corto y flechas.

- Debe ser una cazadora de alguna tribu de amazonas escondidas en el bosque, comenta Pierre.
- Seguro, mejor será continuar nuestro viaje porque...

Al estar diciendo esto Vlaz, una flecha se clava en el suelo, al lado de su pie.

- Quietos, se escucha una voz femenina que grita desde los matorrales, y sorpresivamente salen siete amazonas fuertemente armadas.

- ¿Quiénes osan perturbar el bosque sagrado?
- Mi nombre es Vlaz, y ellos son Pierre y Drogus, sólo pasábamos por aquí, estábamos en camino hacia Karak Varn.
- ¿Son mercenarios?
- ¡No!, somos comerciantes y vamos en busca de mejor suerte.
- Lo siento, pero no pueden pasar por acá, así es que nos tendrán que acompañar
- Pero debemos estar lo antes posible en la ciudad.
- Antes deberán ver a la Reina.

Buscan la carreta y llevan a los prisioneros a un Templo escondido en el bosque; los caballeros no pudieron saber la ubicación exacta del templo puesto que para trasladarlos le vendaron los ojos. Al sacarles las vendas se dan cuenta que se encuentran en el centro de un gran salón totalmente construido de mármol blanco con vetas de colores pasteles; una gran cúpula decorada con extrañas pinturas, y bajando del centro una araña de cristal con cientos de [illegible] encendidas que dan a toda la habitación una luminosidad impresionante. Son conducidos con empujones hasta donde se encontraba un altar totalmente fabricado en oro y piedras preciosas y un trono en el cual se encontraba sentada una preciosa mujer de cabellos lilacios claros, ojos azules, las orejas extrañamente puntiagudas y una figura tan perfecta, que cualquier ser quedaría perdidamente enamorado de ella, con sólo mirarla una vez. Había una numerosa multitud constituida, aparentemente, sólo por mujeres, vestidas con túnicas muy cortas. Todas las mujeres allí reunidas eran increíblemente hermosas, nadie creería que pudiera existir una sola mujer discreta.

- Arrodíllense ante la Reina, dice una de las mujeres que se encontraban a un costado de la reina.
- ¿Quiénes son y qué hacían en el Bosque Sagrado?
- ¡Buenos días Alteza!, dice Vlaz levantándose, soy Vlaz Montain y ellos son mis compañeros de viaje... íbamos rumbo a Karak Varn cuando sus súbditas nos capturaron...
- ¿Y qué iban hacer en aquella ciudad?
- Íbamos por negocios, somos comerciantes...
- Con esa armadura de guerrero no pareces comerciante, comenta la reina. -Vlaz llevaba puesto una brillante armadura plateada en su pecho con los brazos descubiertos, el escudo con detalles de oro, y la gran espada a dos manos con apliques de oro y piedras preciosas que le pertenecía, están en manos de una guerrera a su costado izquierdo.
- Tiene mucha razón alteza -respondió Vlaz- la verdad es que yo soy el guardaespaldas del señor que está a mi lado, y el enano es su sirviente...
- ¿Y por qué razón tu amo no habla?
- Pues, vera, para eso estoy yo alteza...
- Muy bien en ese caso... los tres irán a las mazmorras del templo... Llévenselos ya!!!

Vlaz, Pierre y Drogus son trasladados hasta el sótano del templo donde son recluidos en una oscura mazmorra, fría y húmeda. Mientras esto ocurría, en los establos del templo, dos amazonas intentan abrir la carreta blindada y al conseguirlo caen inconscientes por fuertes golpes provenientes del interior. Apresuradamente Ailynara y Gabrielle bajan de la carreta y esconden a las amazonas.

- Tenemos que ver que sucedió con Drogus, Vlaz y Pierre -dice Ailynara- tal vez estén en problemas.
- Tienes razón, y debemos darnos prisa, ya que a cada minuto nos será más difícil recuperar a nuestro padre.

Las dos valientes mujeres corren en dirección a las mazmorras como si conocieran el lugar. Llegan hasta el sótano y sorprenden a las guardias reduciéndolas rápidamente.

- ¿Vlaz estás ahí?, pregunta murmurando Ailynara.
- Sí ... aquí estamos... - contesta Vlaz muy sorprendido al reconocer la voz de la joven – pero. ¿qué hacen ustedes aquí...?
- Es una larga historia...

Con su espada Ailynara logra romper el candado de la mazmorra y pone en libertad a sus amigos que rápidamente salen del calabozo y se abrazan entre todos...

- Pero Ailynara, ¿qué haces tú aquí?
- Primero tenemos que salir de aquí, en cualquier momento llegarán más guardias y tendremos verdaderos problemas, luego les explicaremos.

Los cinco avanzan velozmente por los corredores, se detienen un momento para recuperar sus armas que se encontraban colocados en un estante al salir del sótano. Pero cuando lo estaban haciendo aparecen guardias por todos los rincones y los rodean.

- ¿No les agrada mi hospitalidad, por eso quieren escapar?, dice la reina entrando por una puerta. Pero miren a quienes tenemos aquí... Ailynara y Gabrielle, por fin decidieron venir a visitarnos...
- Hola Ahilena -dice Ailynara- me alegro de que te encuentres bien.
- ¡Llévenlos a la sala de reuniones, ahora!

Las guardias conducen al pequeño grupo a una gran sala en el ala izquierda del templo. Los tres caballeros quedaron perplejos al ingresar a la sala debido a lo exuberantemente belleza del lugar, que estaba adornado con cortinas de gamuza roja y arañas inmensas que iluminan todo el salón como si fuera la luz del sol. Alfombras y sillones del mismo tono que el cortinado, estatuas de mujeres hermosas completan el decorado.

- Este es el salón de ceremonias, susurró Gabrielle, lo utilizaban en ocasiones importantes como la aceptación de una nueva amazona o coronación de la nueva sacerdotisa.
- Es impresionante -comenta Pierre- ¿de dónde sacan todas estas cosas?...
- Todos estos decorados -explica la reina ingresando por detrás de las guardianas- tienen más de 1.000 años, son elementos sagrados.
- ¿Por qué nos tiene prisioneros? -pregunta Vlaz- con tono firme pero respetuoso.
- Muy sencillo caballeros -dice la reina mientras se acomoda en el sillón central- lo que parecería el trono, ninguna persona que ingrese al templo puede salir de mientras no sea una de nosotras, pero al estar Gabrielle y Ailynara su situación cambia señores, si ellas se hacen cargo de ustedes podrán irse.
- Eres muy amable -responde Ailynara- debo confesarte que ellos no son comerciantes como te lo han dicho, sino mercenarios contratados por nosotras para que liberen a mi padre que fue secuestrado presumiblemente por caóticos en busca de más poder en el imperio.
- ¿Pero por qué no lo habían dicho antes? -dice la reina notablemente sobresaltada por la noticia- ¿y donde creen que lo tienen?
- Pensamos ir hasta Karak Varn para averiguar- dice Vlaz-
- Debemos apresurarnos, comenta la reina, ya que hace unos días tuvimos la noticia de que un gran grupo de caóticos salió de esa ciudad rumbo al castillo de Lord Radgon, quizás tu padre esté en con ese grupo.
- ¿Cómo podemos cruzar el Lago? -preguntó Pierre-
- Tenemos barcos que los llevarán hasta la otra orilla, además irán con ustedes dos nuestras mejores amazonas, Claudet y Carolina.
- Muchísimas gracias alteza -contestó Ailynara- necesitamos toda la ayuda que podamos contar, ¿no es así Vlaz?

- Claro Ailynara, sobre todo por las aptitudes que se comentan que tienen ustedes estoy seguro que nos ayudarán muchísimo.
- Muy bien -dice la reina- prepararemos el viaje, saldrán mañana temprano; les daremos todo lo necesario. ¡Úrsula! Acompaña a nuestros invitados a descansar, prepararles un buen baño y luego tendremos un banquete.

Vlaz, Pierre y Drogus con ayuda de algunas amazonas preparan el carruaje de las hermanas Velkein y los caballos para el viaje, cargan en la otra carreta los víveres y las armas. Al terminar, Vlaz y Pierre fueron a una gran piscina con agua caliente. La temperatura del agua era tan agradable que Vlaz queda profundamente dormido.

Vlaz siente que una mano suave le acariciaba el rostro, abre los ojos suavemente, su visión, nublada aún, comienza a distinguir una figura femenina delante de él, una figura muy familiar; poco a poco iba enfocando la mirada a medida que las caricias les recorrían el pecho y la cara... la cara de Ailynara se iba haciendo cada vez más clara y hermosa, busca a Pierre como para preguntarle si era realidad o un hermoso sueño, pero no lo encuentra, es más no hay nadie dentro del enorme salón, están totalmente solos.

...

El salón principal estaba adornado con, flores, guirnaldas y velas decoran las paredes y techos y las mesas llenas de manjares exóticos...
- ¡¡¡Nunca vi nada parecido!!!
- Tienes razón Pierre -contesta Vlaz- yo tampoco vi tal muestra de grandeza, ni siquiera en las cortes del Emperador.

Mientras tanto en uno de los salones contiguos al salón principal, la Reina habla con Gabrielle, y le entrega un medallón de oro sólido adornado con dos serpientes entrelazadas y con sus miradas enfrentadas; con un diamante en cada uno de sus ojos y una gran esmeralda arriba de sus cabezas. Ambas vuelven al salón principal para disfrutar del banquete con los demás invitados y todas las amazonas que están vestidas con trajes de gala, todas hermosas y esbeltas.

CAPÍTULO 4

Bien temprano en la mañana, Gabrielle, Ailynara y Drogus suben en el carruaje, las amazonas hacen lo propio en la otra carreta y Vlaz y Pierre montan en sus caballos, se despiden de la reina y parten por el camino del sur que bordea el Río Stabyl. Desde aquí deberán ultimar precauciones para no caer en las trampas y las emboscadas que de seguro los caóticos habrán preparado para proteger sus posiciones. Durante toda la mañana recorren el camino, no ven a nadie, todo parece tranquilo lo que preocupa a Vlaz, mientras Pierre a su vez conversa con las amazonas para intercambiar estrategias y opiniones acerca de los acontecimientos que podrían darse en los próximos días.

- Pierre, no me agrada esta desolación, no puedo creer que al borde del principal río del Imperio no exista ninguna población en esta zona.
- Lo mismo estaba conversando con Claudet y con Carolina, es muy extraño, pero ya está por ser medio día, descansemos en algún sitio para comer y hacer descansar a los caballos.
- Estoy de acuerdo, chicas ¿ustedes conocen algún lugar donde podamos quedarnos a descansar?
- Sí -contesta Claudet- más adelante hay un claro, allí podremos descansar y además veremos muy bien el camino.
- Iré a avisar a Drogus para que se detenga.

Vlaz se acerca al carruaje y ve a Drogus recostado al respaldo de la silla, lo sacude suavemente para no sobre saltarlo, pero no lo consigue lo intenta de nuevo y esta vez con más fuerza y no logra volverlo en sí, entonces opta por llegar hasta los caballos y guiarlos hasta el lugar donde planearon detenerse.

Se detienen en un claro al costado del camino, Gabrielle y Ailynara bajan del carruaje... Pierre examina a Drogus y descubre una pequeña picazón en su cuello.

- Esta picazón -dice Pierre- puede ser un insecto o un dardo envenenado...

- Es obra del Grownder -dice Claudet- generalmente el Grownder infecta a insectos con veneno adormecedor y los suelta en el bosque para que ataquen a cualquiera que pase por sus dominios.
- Acamparemos aquí esta noche -comenta Vlaz- y veamos Pierre qué poción puedes hacer para ayudar a Drogus.

Pierre se interna en el bosque para buscar algunas raíces medicinales para ayudar a Drogus, ya que las pociones que trajo consigo no son para esta emergencia. Al mismo tiempo, los demás preparan el campamento. Horas después, vuelve Pierre con las raíces y prepara la medicina. Drogus sigue dormido a un costado de la fogata que habían preparado las amazonas, Pierre se acerca y vierte un poco del líquido medicinal en la boca de Drogus y otro poco deja caer sobre el lugar de la picazón.
- Ahora sólo resta esperar...
- Bien hecho Pierre -dice Vlaz- Descansen ustedes, yo haré la primera guardia.

A la mañana siguiente, con Drogus recuperado, prosiguen la marcha. Luego de varias horas, ven la belleza del paisaje que es exuberante e inverosímil, todo parece pintado en el horizonte que se extiende ante sus ojos. Los bosques habían dejado atrás, y el inmenso lago se veía en el horizonte como un espejo oscuro. Luego de unas horas el camino se interrumpe inesperadamente. Carolina se adelanta y mueve una rama que se levantaba al costado del camino, en ese instante la pared de maleza que impedía el avance de la caravana, dejando al descubierto el camino que va desde Tenor a Karak Varn. Giran a la derecha y se ponen en marcha y en menos de una hora ya están entrando en una de las ciudades más peligrosas del Imperio. Inmediatamente buscan una posada para pasar la noche, y por suerte encuentran una bastante respetable y con un establo para los caballos y las carretas. Mientras las mujeres van a las habitaciones a descansar y asearse, Vlaz y Pierre van a la conocida taberna Troll, donde lo más peligrosos delincuentes se reúnen para comercializar los objetos más valiosos obtenidos de sus "trabajos".

Pese a los atuendos rústicos y parecidos a los marginales, al ingresar por la puerta de vaivén de la taberna, todos los que se encontraban en ella callaron inmediatamente, y pusieron sus ojos desconfiados en ellos. Vlaz siguió caminando como si nada hacia la barra seguido de cerca por Pierre, y cuando se sentaron en un par de butacas, todos los demás continuaron con lo que estaban haciendo.

- Qué desean? -preguntó el tabernero con voz amenazante-
- Queremos dos cervezas y hablar con Lamper -dice Vlaz con gesto cortés pero firme, mirando directamente a los ojos del cantinero-
- ¿Y Qué quieren con él?
- Dile que Vlaz está acá, él sabrá.

El cantinero, sirve dos tarros de cerveza y pone delante de Vlaz y Pierre, luego sale por una puerta a un costado del mostrador, haciendo antes una seña a un hombre grande como un orco negro y robusto como un troll, su cara con múltiples cicatrices no deja lugar que se trata del guardia de seguridad de la taberna y que en más de una oportunidad tuvo que sacar a la fuerza a los clientes indeseables. El guardia responde afirmativamente con un gesto de su gran cabeza al cantinero y gira para observar detenidamente a los extraños.

Luego de unos minutos que parecieron horas para Vlaz y Pierre, vuelve el cantinero y les pide que vayan a la parte trasera de la taberna, por el callejón norte y golpeen tres veces la puerta, allí iban a ser conducidos hasta la persona que estaban buscando. Ambos hacen lo indicado por el cantinero, al llegar golpean la puerta tres veces, una ventanita se abre, unos ojos oscuros se asoman por la ranura, al observarles unos instantes, vuelve a cerrar la compuerta y se escuchar los cerrojos que son sacados para posteriormente abrir la puerta, una figura encorvada y anciana les hace una seña con el brazo para que pasen dentro del oscuro corredor que conduce más adelante a otra puerta, pero esta está abierta, por lo que se puede ver una tenue luz proveniente de su interior. Al traspasar el umbral, se encuentran con una amplia habitación, que pareciera ser una lujosa oficina, con armas colgadas de las paredes y estantes con numerosos libros. Un opulento escritorio de madera tallado de una sola pieza con decenas de papeles sobre ella, una lámpara de aceite hecha de bronce decorado con grandes musas y detrás del escritorio, un hombre robusto de mirada fría y seria con una pronunciada cicatriz que atraviesa su cara de la parte derecha de su frente hasta la mejilla izquierda pasando por el ojo tapado por un parche negro.

El hombre, al ver a los recién llegados, se pone de pie de un salto y se apresura a abrazar a Vlaz, quien responde el abrazo.
- Vlaz, hermano mío, no sabes cómo me alegra verte de nuevo
- Lamper, amigo, que bueno encontrarte bien.
- En verdad esperaba que llegaras ayer, ¿qué te retrasó?
- Siempre bien informado... antes que nada déjame presentarte a Pierre, mi compañero de aventuras desde que decidiste asentarte por estos lugares, Pierre él es Lamper Blak, mi amigo desde que tengo uso de razón.
- Encantado Pierre.
- Mucho gusto...
- Y no te abandoné, y es la última vez que te lo repetiré, lo que pasó Pierre fue que, en nuestra última aventura juntos, tuvimos un desagradable encuentro con un dragón, y la verdad... nunca pude superar el haber tenido que matar a un ser tan glorioso y que, lastimosamente estaba hechizado por un mago oscuro, -el rostro de Lamper se apagó al decir estas palabras- después de eso decidí poner este negocio, que por cierto me está resultando muy bien.
- No te preocupes amigo, no lo decía en forma de reproche. Ahora bien, ya que veo que continúas con tus fuentes, ¿qué sabes del secuestro de cierto poderoso Lord del imperio?
- Lord Radgon lo tiene en su castillo.
- ¿Lord Radgon? -pregunta incrédulo Pierre- Creía que era sólo una leyenda.
- Te aseguro que es muy real, nunca antes había cruzado las montañas del fin del mundo, y esta vez lo hizo para contratar mercenarios Proteak, piratas de las aguas negras y del Río Stabyl, lo hizo secuestrar y ahora lo tiene, seguramente, encerrado en su castillo.
- ¿Y tú podrías decirnos como llegar a su castillo?
- Claro, les daré un mapa bastante detallado de las tierras oscuras que van justo hasta las puertas del castillo... en realidad unos kilómetros antes, pues quien estaba haciendo el mapa le fue imposible acercarse más por los vapores tóxicos del volcán Seri.

- ¿Volcán Seri?... nunca he oído hablar de él -comenta Pierre.
- Quizás porque nunca estuviste del otro lado del lago, pues desde su costa se puede divisar su gigantesca figura negra. Se dice que el volcán Seri erupcionó por última vez hace 500 años, en ese entonces toda la tierra del Grownder era una pradera de inigualable belleza al cual pocos hombre lograron llegar y establecerse, hasta que la erupción los devastó, abrió una grieta en las montañas con una explosión tan poderosa que hasta hoy quedó los gases tóxicos en el aire… esa grieta hizo que la lava llegara hasta el lago, que en ese entonces era azul como el cielo y con una gran variedad de peces, luego de que la lava tocara las aguas, estas se contaminaron matando casi toda la vida y dando paso a vez a un sin número de monstruos y seres muy extraños.
- Esas leyendas de monstruos y fantasmas si las he escuchado, pero nunca me hubiera imaginado que se trataba de una contaminación por lava... es algo muy raro.
- El volcán Seri -continuó Lamper- está hecho no sólo de piedras volcánicas, azufre y granito… también tiene otros componentes mucho más tóxicos que, al contacto con el magma, se fundieron e infectaron todo a su alrededor. Por suerte, la contaminación se contuvo en los esteros que rodean la cuenca con el Río Stabyl y lo preservó. Y como les dije, le voy a dar un mapa muy preciso, Vlaz este está mucho más actualizado desde que dejaste estos parajes.
- Gracias Lamper, sabía que podría confiar en que nos ayudarías.
- Muy bien, les daré habitaciones para descansar y todas las provisiones que necesiten, lastimosamente es todo lo que puedo brindarles, además de mi mejor embarcación, que espero me la regresen sin un rasguño.
- Ya estamos hospedados en Aoc, pero si te agradecemos todo lo demás.
- Aoc, tuvieron suerte de encontrar lugar, es el sitio más respetable. Dile a Charco que vas de mi parte y te hará un buen precio.
- Nuevamente te agradezco esta ayuda Lamper.
- Pilo irá mañana temprano por ustedes para llevarlos a mi muelle secreto. Buena suerte amigos.

A la mañana siguiente, antes del amanecer, la caravana completa entra al pasadizo que conduce a una bahía oculta, guiados por el hombre de confianza de Lamper y capitán del barco que los llevará al otro lado del lago, ahorrándose así casi tres días de camino. En el borde del agua se halla una imponente embarcación lo suficientemente grande como para llevar un pequeño ejército.

Cargan las carretas en el barco y lo preparan para zarpar. Pierre se acerca a Vlaz el cual se encontraba sentado en la proa del barco,
- Pierre, creo que estoy enamorado...
- Lo sé, Ailynara es hermosa
-No entiendo cómo pudo suceder, se supone que ella me contrató para ayudar a liberar a su padre, debía ser totalmente imparcial, ahora estoy metido hasta el cuello.
- Tranquilo, no tiene nada de malo, además es una muchacha sensacional, bondadosa y muy inteligente, así como lo es Gabrielle...
- Ah!! al parecer tenemos el mismo mal...
- Creo que sí, es que ella es tan inteligente, tan culta y atractiva que ya no puedo dejar de pensar en ella.
- Bueno, será mejor que volvamos a la realidad y zarpemos, vamos a necesitar todos nuestros sentidos para esta parte del viaje.

Cuando los primeros rayos de sol salen del lago, la nave comienza su suave movimiento, con las velas a mitad de asta salen de la bahía y se internan en el lago, lentamente evitando las peligrosas y afiladas rocas, para ello, Claudet se ubicó en la punta del barco guiando a Pilo. El lago estaba calmo y la suave brisa los llevaba por buen rumbo, meciéndose lentamente lo que contribuía al descanso de la joven tripulación. Horas más tarde…
- Claudet, ¿Estás bien?, pregunta Drogus
- ¡Claudet!

Ella se encontraba paralizada, como si fuera zombi. Drogus corre a la proa para ver lo que le estaba sucediendo a Claudet. Al llegar a ella, la observa y nota que su mirada está fija en el agua, él desvía su mirada hacía el lago buscando la causa de la estupefacción de la amazona, en el agua nota un ligero oscurecimiento, al enfocar, sus ojos se abren sorprendidos, incrédulo ante esta visión...

CAPÍTULO 5

Un movimiento, algo más brusco, del barco despierta a Vlaz; quien se levanta y sube a cubierta para ver lo que sucede, y al mirar a la proa, le sorprende no encontrar a Drogus asomado a la baranda junto a Claudet. Llamándolo se acerca, pero no responde. El barco comienza a moverse con más fuerza, Pilo mira por los costados para intentar descubrir el origen de los movimientos, aunque por toda su experiencia en ese lago cree saber lo que sucede. Dentro de la cocina comenzaron a caerse todos los utensilios, las cacerolas y ollas, platos y cubiertos se desplomaron por el suelo creando un estruendo que termina por despertar al resto de la tripulación que confundida intenta llegar hasta la cubierta, pero el movimiento continuo del barco le dificulta el acceso al exterior.

Atajándose por una de las cuerdas del mástil mayor, Vlaz trata de sostenerse, mientras Drogus y Claudet caen al suelo. Al parecer la caída despierta a Drogus y a Claudet de su letargo. El barco empieza a sacudirse con mayor intensidad...
- ¿Qué está pasando Drogus? -pregunta Vlaz-
- ¡Es un monstruo!
- ¿Qué?...

Del lago sale una columna de agua que sube unos 10 metros del cual se descubre la cabeza y cuello de un dragón acuático. La barca se tambalea y sus tripulantes no pueden mantener el equilibrio, se deslizan por toda la cubierta. Los ojos rojos del dragón se clavaron en la embarcación y lanza un ataque dando un fuerte mordisco al mástil deshaciéndola por completo. Con un increíble esfuerzo, Vlaz logra ponerse de pie e intenta llegar hasta la cabina donde se encuentran sus armas. Con dificultad se introduce en la cabina y toma su espada a dos manos y corriendo sale de nuevo diciendo unas palabras en Patarín (idioma secreto de los habitantes del bosque encantado), la runa de su espada comienza a brillar. La espada de Vlaz es mágica, le había regalado un mago muy poderoso del imperio como recompensa por un importante trabajo que realizó para él. Mientras tanto, en cubierta, Drogus toma su hacha a dos manos e intenta pegarle al dragón, pero éste es muy rápido y esquiva los golpes muy ágilmente. Los demás también logran ponerse en pie y se dirigen a la cabina y tomando sus armas regresan para combatir al dragón. Vlaz con su espada, se tira al agua sumergiéndose unos metros y clava su espada en el cuerpo del dragón que emite un alarido ensordecedor. Aprovechando esto, Drogus da un fuerte hachazo al cuello penetrando profundamente sus hojas de acero reforzado, mientras que Gabrielle toma su ballesta de repetición y la carga con flechas envenenadas, Pierre, sin embargo, prepara un hechizo de bolas de fuego. Vlaz clava por segunda vez su espada mágica en el cuerpo del dragón, la runa brilla más fuerte y hace que toda la espada se encienda con un fuego tan intenso que traspasa al animal, aun así, el monstruo arremete una vez más contra la embarcación destruyendo el techo de la cabina, y con su pata delantera palmeada y con garras como espadas toma a Vlaz y lo arroja varios metros lejos de la embarcación. Gabrielle dispara y tres flechas salen una tras otra impactando en el cuello del animal los cuales rebotan, ya que su piel es tan gruesa que parece como si tuviera doble armadura. De la mano de Pierre nace una bola de fuego del tamaño de una sandía mediana, y la arroja contra la cara del dragón que, muy herido, se sumerge en las aguas turbulentas, pero por la popa, la cola del animal se dirige ferozmente contra Pilo, que de no ser por la oportuna intervención de Ailynara que se arroja y logra poner a salvo a capitán. Carolina por su parte, lanza su jabalina amazónica, en su extremo tiene tres puntas que rodean la del centro, y con increíble precisión se inserta en la cara del dragón que volvió a asomarse en la superficie de las aguas negras, Gabrielle vuelve a disparar tres flechas y esta vez sí hacen impacto en uno de los ojos de la bestia, quien, con un fuerte moviendo se hunde perdiéndose en la negrura del lago.

Luego de unos segundos el lago se calma por completo y los tripulantes de la barca se asoman por la borda en busca de Vlaz. Lo encuentran flotando agarrado de un madero. Llegan hasta él y lo suben a cubierta.

- Con que este es el "monstruo" del lago que aterroriza a todos sus navegantes -dice Vlaz- un dragón marino, nunca había visto uno igual, tan grande, tan poderoso.

- Los lugareños lo llaman Corsae, -explica Pilo- que en el idioma Zamphi significa "El terrible", ya que mucho aseguran que está en el lago desde la erupción del volcán. Según la leyenda, que el huevo de un dragón cayó de su nido en las montañas a consecuencia del terremoto que produjo el volcán, y se hundió en el lago, que la contaminarse con la lava produjo una mutación caótica en el interior del huevo y dio origen a este ser.

- Pues por ahora no creo que regrese -se apresura a decir Ailynara-

- Y nosotros no creo que nos movamos mucho también con el mástil principal roto -comenta Drogus-

- Crees que es la primera vez que esta nave sufre la embestida de Corsae?, no amigo, ya tuvimos algunos encuentros con este monstruo, pero la verdad que nunca dio la cara, nunca salió a la superficie, siempre nos atacaba de abajo, es muy raro lo que hizo, nadie jamás le vio. Lo que si es que tenemos varias partes de repuesto y una de ellas es el mástil, que si bien no es tan alto ya servirá para llegar hasta el atracadero secreto cerca de Proteak.

- No llegaremos hasta el puerto de Proteak? -Pregunta Gabrielle-

- Será muy peligroso llegar hasta ahí en barco, -responde Vlaz-mejor será llegar por tierra fingiendo ser comerciantes sin tanto dinero, pues si ven que llegamos en esta embarcación creerán que traemos cosas muy valiosas y tratarán de asaltarnos.

- Muy bien, por favor los hombres, y tú también Drogus, ayúdenme a cambiar el mástil y colocar la vela nuevamente, que, así como van las cosas llegaremos al amanecer al muelle.

CAPÍTULO 6

Comenzaba a amanecer cuando la barca llegaba a la otra orilla de las Aguas Negras. Silenciosamente desembarcan bajando los caballos y las carretas, suben los víveres y las armas a las carretas y se despiden de Pilo que emprende el regreso. Se preparan para emprender el último tramo del camino rumbo a los dominios del Grownder. Luego de varias horas de viaje por los caminos del Imperio, el más seguro de la zona y sin entrar en Proteak, llegan al poblado de Kinorus, pequeña aldea del Este circundante a la fortaleza de Kirno, una de las más protegidas del imperio ya que es el único acceso que tiene las hordas del Grownder para ingresar al imperio por el Paso Oscuro, un sendero entre las Montañas del Fin del Mundo.

- Aquí haremos la última parada antes de entrar a las tierras negras -dice Vlaz-
- Estoy de acuerdo contigo Vlaz -dice Gabrielle- descansaremos todo del día de hoy, y mañana al amanecer saldremos rumbo al castillo del Lord Radgon.
- Conozco al dueño de una posada que, según lo último que supe de él, está casi al final de la aldea, allí podremos descansar, dar de comer a los caballos y tendremos algo de tiempo para ir a recorrer las tiendas. Fue compañero mío en los primeros años de estudio de magia, pero abandonó todo para venir a estos parajes con su familia.
- Buena idea Pierre -asegura Vlaz- llevamos allá.

Al final del pueblo se encuentra la posada "Tolmar", un edificio de dos plantas con un enorme establo en la parte de atrás. A llegar, Pierre y Vlaz desmontan e ingresan a la posada. Dentro, en el mostrador, se encuentran con Tolmar, amigo de Pierre, que, al verlo, sale de la barra notablemente emocionado y se dirige a saludar a Pierre.
- ¡Pierre! Mi gran amigo, ¿cómo estás?
- ¡Theo! Tanto tiempo...

- ¡Que placer volver a verte!, ¿Qué te trae por "el fin del mundo"?
- Bueno, antes que nada, quiero presentarte a mi compañero Vlaz.
- Encantado Monsieur Tolmar -dice Vlaz-
- El placer es mío... pero pasen, sentémonos a celebrar esta visita...
- Me parece estupendo Theo, pero tenemos más compañía.
- ¿Y dónde están?
- Afuera
- ¿Cómo? ¿Los dejaste afuera?, halos pasar. Los amigos tuyos son los míos también.
- Es que tenemos una carreta y caballos.
- No hay problema, tengo el establo más grande de toda la región, llevemos todo allí, luego les daré mis mejores habitaciones.
- Muchas gracias amigo.

Luego de acomodarse en las habitaciones bajan a compartir un almuerzo con Tolmar, que hizo preparar un gran banquete en honor a sus amigos.

- Monsieur Tolmar, ¿dónde podríamos abastecernos para nuestro viaje?

- Medemoiselle Gabrielle, como a dos calles de aquí hay un gran almacén, que provee a toda la región de comida, ropas, armas, y todo lo que puedan imaginarse, allí encontrarán lo que necesiten. Sólo digan que van de mi parte y les atenderán muy bien, además de darles un muy importante descuento.
- Gracias Theo -dice Pierre-.

Todos saben que esta puede ser la última noche tranquila, ya que al otro día se internarán en las tierras del Growнder.
- Pierre... no puedo dormir, voy abajo a tomar algo.
- Está bien Vlaz, pero recuerda que debemos descansar.

Vlaz se dirige por el pasillo hasta llegar a la escalera, cuando nota que hay alguien en la planta baja, supone que es Theo, pero de todas formas toma su daga y baja cautelosamente. Llegando al

final de la escalera, la luz de la lámpara deja ver una silueta femenina, fina y escultural...
- ¿Ailynara?
- ¡Vlaz!... ¡me asustaste!
- ¿Qué haces despierta a estas horas?
- No podía dormir, temo que no podamos llegar a tiempo para rescatar a mi padre, quizás ya lo hayan matado.
- No te preocupes, lo vamos a rescatar, te prometo...

Diciendo esto Vlaz se acerca lentamente a Ailynara y suavemente la toma de la cintura y la mira directamente a los ojos y tiernamente la besó.

Comienzan a aparecer las primeras luces del alba, nuestros héroes se preparan para su partida, tomaron un desayuno ligero y van al establo a preparar los caballos y la carreta. Verifican que la carreta blindada no haya sufrido daños en la aventura del lago, por suerte, estaba intacta. Los caballos, que descansaron todo el día anterior, están listos para soportar los rigores de las tierras oscuras, tierras secas, pedregosas y agotadoras.
- El castillo Lord Radgon queda a unos tres días de camino.
- Vlaz, eso significa que tenemos que buscar buenos lugares para pasar la noche.
- No te preocupes Ailynara -dice Pierre- Vlaz conoce estas tierras. Durante mucho tiempo sirvió en las tropas imperiales como expedicionario.
- Lo sabemos -comenta Gabrielle- esa es una de las razones por las que los contratamos. Mi padre solía contar muchas anécdotas del "joven aventurero" del ejército imperial.
- Así que tu padre me conoce.
- Recuerda que es uno de los miembros más importantes de la corte, y siempre estaba interesado en conocer todo lo que sucedía en el ejército.
- Muy bien -dice Vlaz- tenemos que partir, pero antes recuerde, en las tierras del Grownder, todo puede ocurrir, así que... debemos tener mucho cuidado.
- Gracias por todo Theo.
- No tienes por qué Pierre, es un placer. Ojalá pudiera ir con ustedes, pero ahora tengo una familia a quien proteger y mantener. Mucha suerte amigos y que los dioses les acompañen.

En caravana se ponen en marcha, Vlaz va adelante, seguido por Claudet, luego la carreta con las provisiones guiada por Carolina, le sigue Drogus y las hermanas a bordo de la carreta blindada y al último Pierre. Poco a poco se van adentrando a las tierras oscuras, reinado por el Señor del Equowder y su horda de guerreros.

Durante toda la mañana, la caravana siguió avanzando con mucho cuidado, pero sin contratiempos. Cada cierto tiempo, Vlaz se adelanta para inspeccionar el camino y así no llevarse ninguna sorpresa. El sendero por donde andaban se iba haciendo cada vez más sinuoso a medida que se acercaban a las montañas del Fin del Mundo. Esta cadena montañosa es la frontera entre el imperio y las tierras oscuras. A unos cuantos kilómetros de la entrada a la quebrada, que sirve como acceso a las tierras del Equowder, nuestros héroes tomaron un pequeño descanso para almorzar, de aquí en más deberán tener todos los sentidos alerta, el paso por las montañas será agotador y en extremo peligros por las emboscadas que pudieran darse.
- Creo que será mejor tomar el camino más largo, por las montañas -dice Vlaz-
- ¿Y por qué eso? -pregunta Gabrielle-
- La quebrada seguramente estará vigilada por criaturas de Lord Radgon y no podemos arriesgarnos a caer en una emboscada.
- Haremos todo lo que digas Vlaz -se apresura a decir Ailynara- eres nuestro capitán.

Luego del almuerzo, se ponen en marcha iniciando el lento ascenso. Cuando el sol termina por ponerse, agotados, lograran llegar a un pequeño valle en lo que sería un enorme cráter dentro de uno de los picos más bajos, un increíble valle, hermoso, con árboles frondosos y un riachuelo pedregoso y agua cristalina y fría, ya proviene del deshielo de las montañas, lo que la hace pura y apta para beber, los sorprende a los aventureros.

- Aquí pasaremos la noche -sentencia Vlaz- haremos turnos de dos personas para hacer guardia de dos horas cada uno. Los demás dormirán en las carretas, y pondremos sábanas como maniquíes para que, si somos vistos por Goblins, ellos no se

atrevan a atacarnos, ya que les temen a los grupos numerosos, eso nos dará tiempo de huir.
- Muy bien -dice Pierre- atemos bien los caballos, pero no encenderemos una fogata para que sea más difícil detectarnos.
- Si, -responde Ailynara- seguro que en las cimas de estas montañas están los centinelas del Grownder. Drogus, ¿serías tan amable de sacar la carne seca para que cenemos?
- Lo que usted ordene mi señora.

Una luna casi llena ilumina todo el valle, lo que podría hacer que más fácil que nuestros héroes sean descubiertos. Durante varios momentos de la noche escucharon rugidos de criaturas que retumban y se esparcen por las altas y empinadas montañas.
- Llegaremos en dos días y debemos estar preparados para enfrentar a estas bestias. ¿Te has enfrentado alguna vez a un dragón Drogus?
- Si Pierre, en los primeros años de servicio al padre de Ailynara y Gabrielle, recorríamos todo el viejo mundo como embajadores del emperador, y en la zona norte de las montañas del fin del mundo, nos tocó pelear con un grupo de cuatro dragones negros. Los escoltas del embajador éramos treinta, diez enanos, quince humanos y cinco arqueros del bosque encantado. Sobrevivimos sólo tres enanos y un arquero.
- Que los dioses nos ayuden.
- Tú eres mago, ¿cierto?
- Si, lo soy.
- ¿No tendrías algún hechizo para que no seamos descubiertos por los dragones y las mantícoras?
- Lastimosamente los dragones y las mantícoras no pueden ser hipnotizados, pero tengo unas cuantas sorpresas.

CAPÍTULO 7

Los primeros rayos del sol llegaban a través de la ladera de la montaña. La caravana ya se ha puesto en marcha, el valle por donde cruzaba el riachuelo mostraba un pasaje por donde se podía cruzar las montañas sin tener que ascender por ellas. Pero el estrecho camino también representaba un gran peligro, ya que era un lugar ideal para emboscadas caóticas. A ambos costados del pasaje se elevaban dos paredes rocosas de aproximadamente veinticinco metros altura, tenían salientes y cuevas, todos debían estar muy atentos a cualquier movimiento que ocurriera en esas paredes.

De pronto, se escucha un ruido, como si una piedra muy pequeña cayera de una de las salientes...

- ¡Corran! -grita Vlaz- abriéndose a un costado para que los demás pasaran- no se detengan por nada.

Cuatro Goblins caen al pasaje y corren hacia Vlaz, quien al galope saca su espada y arremete contra ellos, en su primera arremetida corta un brazo de uno de los monstruos. Un segundo Goblin trata de detener al caballo, pero se llevó una gran sorpresa al recibir una coz que lo arrojó contra una de las paredes dejándolo inconsciente. En una segunda arremetida, Vlaz clava su espada en el pecho del tercer Goblin y girando rápidamente, decapita al cuarto. Echando un breve vistazo a su alrededor, continúa su camino tratando de alcanzar a sus amigos.

- ¿Qué pasó allá atrás?
- Una horda de desagradables Goblins Ailynara. Por suerte no sabían que Atila está entrenado para el combate. Uno de ellos se llevó una gran y desagradable patada.
- Si alguno quedó vivo -comenta Pierre- seguro que dudará mucho antes de atacar a un caballo de guerra.
- Bueno -dice Gabrielle- sigamos nuestro camino, que todavía nos queda mucho por recorrer y muchos peligros que tendremos que superar.

- Debemos avanzar silenciosamente por estos pasajes, ya que por estas zonas están los nidos de los dragones.
- Parece que tú conoces mucho sobre dragones Drogus.
- La verdad, Sí. Antes de la llegada de los humanos y fundaran el imperio, nosotros teníamos ciudades fantásticas, conocíamos a los dragones y los tratábamos con respeto, ya que todos ellos eran buenos y sabios. Después, con la extensión de los humanos y la llegada del Grownder, fueron muriendo o volviéndose malos y avariciosos, hasta que ahora, los pocos que quedan, viven ocultos en estas montañas.
- Espera Drogus, ¿Tú no conoces algún dragón que nos pueda ayudar?
- A decir verdad, si conozco uno, pero, no sé si todavía sigue vivo, ya que era anciano cuando mi padre y yo íbamos a verlo para que nos transmita un poco de su sabiduría. Si mal no recuerdo, vivía como a medio día de camino al norte de aquí.
- ¿Qué dicen? -pregunta Vlaz- podría sernos de mucha ayuda.
- ¡Vamos! -responden en coro las hermanas-

Pronto se encaminan hacia el norte, en una de las cimas de las montañas del fin del mundo se encuentra escondido un antiguo dragón, uno de los pocos buenos que quedan en todo el imperio. Pasando un poco la media tarde y luego de un arduo ascenso, llegan a la entrada a una cueva. Sacan las antorchas y las encienden.
- Mejor vamos sólo Drogus, Ailynara y Yo, -dice Vlaz- así los demás quedan a cuidar las cosas y la entrada de la cueva.
- Tienes razón Vlaz -dice Pierre- Escondamos las carretas y los caballos dentro de la cueva para no ser visto por alguna patrulla caótica.
- Bien dicho Pierre. Vamos Ailynara, Drogus...

Drogus toma una antorcha y avanza primero por una de las cavernas internas de la cueva, lo siguen Ailynara y al final Vlaz, cada uno con una antorcha. La húmeda y serpenteante caverna va haciéndose más y más angosta a medida que va descendiendo ligeramente. Luego de avanzar por varios minutos, llegan a una gran galería iluminada por un haz de luz proveniente de una abertura en techo.

- ¿Quién osa irrumpir mis dominios? Pregunta una voz ronca y profunda.
- Soy Drogus, hijo de Jodri, el gran maestro enano.
- ¿Jodri? Recuerdo vagamente ese nombre. Pero dime, ¿Qué quieres de mí?
- Venimos humildemente a solicitar su ayuda.
- ¿Qué tipo de ayuda necesitan?
- A mi padre lo secuestró un ejército caótico...
- Y Usted ¿Quién es?
- Me llamo Ailynara Velkein, soy hija de...
- Ernest Velkein...
- ¿Usted lo conoces?
- Conozco mucho de muchas cosas señorita, puedo ver a través el espíritu de los seres vivos y descubrir sus más íntimos secretos.
- Un grupo caótico emboscó la caravana de mi Padre y lo secuestró, -continúa Ailynara- pidiendo diez mil coronas por su rescate.
- Puede ser que el dinero lo utilicen para financiar una invasión a gran escala al imperio -agrega Vlaz-
- ¿Y Usted es?
- Vlaz Montain.
- Vlaz, si he oído de ti, yo me llamo Apuc y con gusto ayudaré al último Caballero de la Orden de los Kitrats. Ailynara y Drago lo miran incrédulos, la "Orden del Dragón", la más antigua y poderosa hermandad de caballeros que inclusive estuvo presente antes que se formara el imperio, y que fueron desapareciendo misteriosamente creyéndose que no existía ningún caballero más.

Desde las sombras va saliendo una figura escamosa y monstruosa, pero a la vez tierna y amigable. El dragón de unos 600 años aparece gigante e imponente iluminado por la tímida luz que penetra en la cueva.
- Pueden pasar aquí la noche -dice el dragón- y mañana a primera hora partiremos.
- Muchas gracias nuevamente por su ayuda -dice Drogus.
- Será un placer ayudarlos. Pueden encender una fogata y cocinar lo que quieran, dudo mucho que algún entrometido goblin u orco se atreva a entrar a esta cueva.

En el camino de vuelta al campamento, Ailynara pregunta a Vlaz sobre esa misteriosa Orden que Apuc dijo que pertenecía.
- Desde que era pequeño, mi padre en preparo para ser un caballero de una antigua Orden que era depositario de la sabiduría milenaria, desde antes que llegáramos a estas tierras. Mi padre fue uno de los Principarium, miembro del consejo regente de la Orden. Lastimosamente murió sin terminar de prepararme, y la gran mayoría de la sabiduría murió con él.
- Lo siento mucho Vlaz, no lo sabía.
- No te preocupes, fue hace mucho tiempo.

Llegan al campamento y comentan lo sucedido y guían a los demás hasta la caverna de Apuc. La cena transcurre amena, entre charlas e historias, quedando todos asombrados por la sabiduría del Apuc, quien contesta de manera sencilla todas las preguntas de nuestros héroes. Al finalizar se ponen de acuerdo en la estrategia que usarán para ingresar al castillo y rescatar al padre de las jóvenes, aprovechando el conocimiento del dragón de la zona y específicamente del castillo.

Con las primeras luces del alba la caravana se pone en marcha, esta vez el dragón va primero seguido por las amazonas, las carretas y por último Vlaz. Durante toda la mañana continúan sin detenerse, hasta que llegan a una laguna, pequeña y tranquila, allí se detienen a almorzar y hacer que los caballos descansen ya que el último tramo del viaje lo harán por la tarde.

Aproximadamente después de dos horas de descanso, se ponen en camino nuevamente, pero cada vez el ambiente se vuelve más hostil y el aire más pesado. En el horizonte se divisa, en la cima de una colina, al castillo de Lord Radgon. Oscuro y tenebroso, su silueta se muestra amenazante y peligrosa.
- La luna llena no será de mucha ayuda, ya que los Goblins podrán vernos, pese a su escasa visión.
- Muy cierto Apuc -dice Vlaz- sólo que nosotros también tendremos un poco de problemas con la visión.
- Pero no te preocupes... cuando ataquemos estarán tan confundidos que no podrán defenderse.
- Que los dioses nos acompañen.

CAPÍTULO 8

Ya el sol comenzaba a ponerse en el horizonte, y cercano al castillo, que parece inexpugnable. Van con cuidado, ven centinelas Goblins que montan guardias solitarias a varios metros unos de otros en una pradera llana que es el acceso a la puerta de los muros imponentes cercanos al castillo, en total unas cinco criaturas caminan en varias direcciones dando diez pasos y luego dar media vuelta y regresar.

Con su habilidad de moverse silenciosamente, Vlaz se acerca al primer centinela, y sorprendiéndolo por la espalda lo degolló con su daga. Las amazonas con sus arcos lanzan flechas envenenadas a otros dos goblins, dejándolos muertos casi instantáneamente cuando las puntas de las flechas tocan su piel. Uno de los dos Goblin supervivientes trata de huir y es interceptado por Drogus que con un golpe de su hacha doble lo decapita. El último Goblin, que observó toda la escena, arremete contra Vlaz...
- ¡Vlaz! -grita Ailynara-

Con una sorpresiva media vuelta, Vlaz arroja su daga contra el Goblin clavándola en su garganta, que al instante cae al piso muerto.

Mientras todo esto ocurría, Apuc sobrevolaba el castillo dirigiéndose al lado opuesto al que estaban atacando nuestros héroes, de manera a crear una distracción al ejército caótico de Lord Radgon. Los Goblins, Orcos, Esqueletors se dirigen a defender el castillo dejando desprotegida el portón principal, por donde Vlaz y los demás trepan los muros sin mayores problemas tras derribar a dos Goblins que quedaron a custodiar ese lugar. Al estar sobre los muros se dan cuenta de

la enormidad del lugar, desde ese lugar hasta el castillo, fácilmente había unos doscientos metros de tierra muerta y negra. Bajan y cruzan el valle rápidamente llegando a una enorme puerta de madera tallada con figuras de dragones lanzando llamas. Con gran esfuerzo abren las puertas y entran al castillo por el pasillo decorado con figuras grotescas en las cimas de las columnas góticas. Rápidamente, pero en silencio, se dirigen al final del corredor donde se encuentra una escalera. Suben por las escaleras que en forma de caracol parece dirigirse a la parte más al alta del castillo.
- ¡Silencio!

Vlaz hace un gesto para que los demás se detengan e indica a Drogus y a Claudet que se ubiquen al otro lado de los escalones. Repentinamente, de una de las puertas a un costado de la escalera, salen cuatro Goblins con hachas en sus manos y atacan a nuestros héroes, que se defiende inmediatamente. Vlaz de una estocada atraviesa la garganta de uno de los monstruos, mientras que Drogus evita ser golpeado poniendo frente suyo su hacha a dos manos. Claudet lanza una flecha envenenada a al tercer Goblin quien cae muerto inmediatamente. El cuarto monstruo se lanza al ataque y Gabrielle avanza contra éste, pero él le da un golpe con el brazo que la lanza a unos metros hacia abajo, en ese mismo instante Vlaz hace un giro de 180 grados y clava su espada en la espalda del cuarto Goblin. Drogus, por su parte, aplica un golpe fulminante al Goblin que tiene frente suyo con su hacha, partiéndole, literalmente, su cabeza en dos.
- Lo más seguro que se encuentre en la habitación más alta del castillo -dice Pierre-
- Estoy de acuerdo contigo, -afirma Vlaz- pero tenemos que estar muy atentos, ya que de seguro habrán escuchado el ruido de los goblins y saldrán más a defender el castillo.

Mientras nuestros héroes suben por las escaleras principales del castillo, Apuc sobrevuela el exterior escupiendo bolas de fuego contra el ejército de Lord Radgon, varias decenas de Orcos Negros, Goblins y Caballeros de Grownder tratan de contener al feroz dragón que arremete sin piedad contra la fortaleza. De pronto Lord Radgon sale al balcón principal, estaba vestido con una armadura completa negra, cota de malla negra, y un casco que le cubría prácticamente todo el oscuro y tosco rostro barbudo, levanta los brazos a los costados de su cuerpo y dice con voz áspera "At tum peka dragon ik po me"...

La tierra comenzó a temblar acabando en una explosión de arena y piedras, elevándose como dos columnas gigantes y al final de ellas dos dragones negros se hacen visibles, rugiendo como dos feroces leones hambrientos. Apuc se percata de lo que acaba de suceder y emprende el vuelo rasante sobre el castillo lanzando bocanadas de fuego, el ejército del Grownder huye desesperadamente al interior del castillo, algunos caen envueltos en llamas y dando gritos de dolor. Los dos dragones inician la persecución a Apuc quien vuela bajo rumbo a las montañas circundantes. Las bolas de fuegos rozan el cuerpo zigzagueante de Apuc dando contra las paredes rocosas de las montañas.

En el interior del castillo, lentamente Vlaz y los demás suben por las escaleras y al llegar al final de ellas se acercan a una abertura y al mirar por ella observan a dos minotauros custodiando la puerta de la celda. Los minotauros son seres extremadamente poderosos con el tronco y brazos humanoides, con las extremidades inferiores y la cabeza de toro de un color rojo intenso, con largos y gruesos cuernos negros cuya punta afilada es capaz de penetrar la más dura armadura. Vlaz nuevamente invoca a la runa mágica de su espada para elevar su poder y su hoja brilla con un rojo intenso. Con furia y decisión se lanza al ataque seguido por sus amigos y toman por sorpresa a los monstruos que son impactados en su cuerpo con tanta fuerza que los hace tambalear. A uno de ellos, la espada mágica de Vlaz le profirió una herida mortal y cae al suelo. El segundo minotauro, trata de ponerse en pie sacudiendo la cabeza como para despertarse, luego que Drogus y Carolina le propinaron terribles golpes con el hacha y la jabalina respectivamente, pero antes que pueda incorporarse, recibe el impacto de tres flechas envenenadas y cae muerto soltando espuma por la boca.

- La puerta está cerrada con magia -dice Vlaz- girando hacia la puerta e intentando abrirla, descubriendo que no tiene ninguna cerradura.

- Voy a intentar abrirla... Et eterum vali percanta abru -una luz brillante sale de la mano del mago e impacta contra la puerta que pesadamente empieza a abrirse.

Vlaz corre y apura la puerta para que se abra con mayor rapidez, ingresan a la sala y un rayo púrpura choca contra el cuerpo apresurado de Vlaz y lo arroja hacia atrás llevándose con él a Claudet, Ailynara y Drogus, cayendo aparatosamente en el pasillo, resbalando hasta detenerse en la pared opuesta. Al observar el halo púrpura, Pierre se da cuenta del peligro que está oculto dentro de la habitación y, como un susurro, pronuncia unas palabras en un idioma que nadie en la habitación la escuchó jamás, e instantáneamente es envuelto por una burbuja semitransparente y decididamente entra en la habitación. De nuevo un rayo púrpura cruza el cuarto, pero esta vez es detenido por el escudo, en ese instante Pierre puede observar, a pesar de la penumbra, una figura oscura, ataviada con un manto negro con capucha con el que ocultaba totalmente su rostro y cuerpo; en otra esquina, podía distinguir a un hombre atado a una silla con los ojos y boca vendados. Con un rápido movimiento, Pierre logra esquivar otro rayo e inmediatamente lanza una bola de fuego contra la figura negra, que la detiene con su mano, a la vista del fuego se pudo notar que la mano estaba despojada de piel, carne, venas y tendones... era una mano cadavérica. Pierre comprende que se trata de un necromante, seres con enormes poderes mágicos, ya que son invocados a través de hechizos y ceremonias oscuras dedicadas a Kulltro, dios supremo del mal.

Pierre nunca antes se había enfrentado a un necromante, pero sabía perfectamente que su escudo no lo protegería por mucho tiempo, tendría que encontrar la manera de entretener lo suficiente para que los demás puedan sacar al rehén de la habitación y poder huir del castillo, pues derrotar a este ser maligno era prácticamente imposible hasta para el mago más antiguo y sabio. En ese instante otro rayo, esta vez rojo, da de lleno en Pierre haciendo que caiga pesadamente al suelo y terriblemente mareado, hasta el punto de nublar su visión.

Giselle entra en la habitación con un medallón en la mano que se desprendía de ella una fuerte luz blanca, el necromante lanza un rayo rojo tras otro, pero estos son tragados por la luz haciéndose más grande y brillante; Al llegar al centro de la habitación la luz llegó hasta el maligno ser y éste, haciendo un giro completo, desaparece en un humo negro.

En el mismo instante, fuera del castillo, la lucha de los dragones continúa implacable, Apuc era perseguido por los dos dragones negros, manejados por el Señor del Grownder, que van arrojando fuego intentando dar en el cuerpo del Dragón, que ya se notaba su cansancio. Apuc entonces realiza una maniobra, subiendo muy aprisa y luego descendiendo en picada hacia el lugar donde se encuentra Lord Radgon, haciendo que los dragones se le acerquen peligrosamente, y unos metros antes de llegar a donde el mago, gira bruscamente a la izquierda, movimiento que los otros dos dragones no pueden imitar e impactan con el Señor del Grownder arrastrándolo al interior del castillo derribando las puertas del balcón.

Giselle, Carolina y Pierre, liberan al padre de las jóvenes y ésta al ver a su hija mayor la estrecha entre sus brazos…
- Hija… me encontraste… gracias a los dioses...
- Papá, ¿estás bien?, ¿no estás herido?
- No hija, estoy bien, un poco débil pero bien…
- Giselle, debemos salir cuanto antes -dice Pierre- al parecer la lucha de Apuc se está poniendo cada vez más violenta.

Los cuatro salen de la habitación en el mismo momento en que Vlaz, Drogus, Ailynara y Claudet estaban enfrentándose a cinco goblins y tres orcos negros. Pierre lanza una bola de fuego al goblin que estaba por dar un mazazo a Ailynara, quien a su vez estaba clavando la espada en la garganta de un orco, Giselle toma su arco y se une a la pelea mientras ordena Carolina que lleve a su padre por las escaleras y también a Drogus que vaya primero para abrir paso.

Luego de liquidar a las bestias, todos bajan la escalera hasta la puerta principal que estaba destrozada y cuerpos de monstruos por todo el piso con al aspecto de haber sido incinerados.
- Por qué tardaron tanto -dice Apuc asomando su enorme cabeza por la entrada- apúrense, los dragones puede que continúen atacando si Lord Radgon no está muy mal herido.

Cruzan corriendo lo más rápido que pueden tratando de dar alcance a Drogus, Carolina y Sir Velkein que ya estaban cerca del portón principal. Apuc crea una cortina de fuego para impedir el paso de la horda de criaturas que iban saliendo del castillo como una manada de lobos hambrientos. Al cruzar el portón toman sus caballos y carruajes y parten por el camino principal yendo Apuc adelante arrojando fuego a todo lo que se mueva.

CAPÍTULO 9

El camino hasta la posada de Tolmar fue más rápido, ya que fueron por el camino directo a través del pasaje y al salir de la quebrada, se despiden entristecidos de Apuc, pues el dragón se rehusó a acompañarlos a las tierras de los humanos. Una vez en la posada, sentados en el salón, conversaban sobre cómo fue el rapto y todo lo que ocurrió durante su captura.

- Como les dije -decía Sir Velkein- del rapto ya es lo de menos, lo importante es lo que pude escuchar en el castillo, cuando Lord Radgon hablaba con una persona, que sonaba a humano, pero con la voz muy profunda, y le contaba su plan de invadir la capital del imperio yendo por el norte, según lo que logré oír, tiene esclavos enanos al norte de las montañas del fin del mundo, abriendo un pasaje para sus tropas…

- Con razón que no había tanta presencia de tropas en su castillo - comentó Vlaz- ahora me explico.

- Así es -continuó el diplomático- hace como cinco días envió el grueso de su tropa hacia el norte para llegar a tiempo cuando esté listo el pasaje.

- Es un poco extraño -dice Pierre- si hace cinco días partieron las tropas "hacia el norte", debimos haberlos visto al estar en las montañas, pero no vimos ni rastro de paso de tropas.

- Tienes razón Pierre -asegura Vlaz- no había rastros de pasos de tropas, es muy extraño, aunque pudieron haber tomado otro camino, un poco más alejado de las montañas.

- Me comentan que los barcos enviados por el Emperador ya están en el puerto de Proteak -dice Theo al acercarse a la mesa- y la guardia imperial está en marcha hacia acá para escoltarlos hasta el Palacio Imperial en Horaclio.

- Gracias Señor Tolmar -responde Sir Velkein- y nuevamente agradezco, en nombre de toda su hospitalidad.

- No tiene por qué Eminencia, los amigos de Pierre son mis amigos.
- Bien -dice Vlaz levantándose de la mesa- ya tendremos tiempo de continuar con nuestra charla, creo que tenemos que alistarnos para el largo viaje de vuelta.
- Es cierto, pero debemos hacer una parada en el camino, debemos pasar por el templo.
- ¿El templo? -pregunta extrañado Sir Velkein- ¿pasa algo con... tú ya sabes?
- No padre, no pasa nada, pero debemos llevarlas a Claudet y a Carolina, y de paso agradecerle a Ahilen por todo el apoyo.
- Está bien hija, hablaré con el capitán que esté a cargo cuando llegue.

Todos se retiran hacia sus habitaciones, Ailynara y Vlaz que van un poco más retrasados. La joven lo toma de la mano y él la mira tiernamente…
- Amor mío, no temas, hablaré con tu padre durante el viaje para pedir tu mano.
- Eso no es lo que me preocupa, lo que temo es que se desate una guerra que te aleje de mí y no me permitan estar contigo en esas batallas, porque, si hay una guerra, yo quiero estar peleando a tu lado y si debemos morir por la libertad de nuestra tierra, quisiera morir a tu lado.
- Pero Ailynara, dejemos eso para cuando se presente, si es cierto lo que escuchó tu padre, podremos adelantarnos a ejército del Grownder y desterrar de una vez por todas al Grownder del imperio.
- Eso espero yo también -y al llegar a la segunda planta se sueltan y van cada uno a sus cuartos.

La caravana llega hasta el puerto de Proteak, donde tres barcos de la marina imperial los estaban esperando listo para zarpar rumbo al castillo del Emperador. Ya en la taberna Tolmar, Sir Velkein había dado al capitán de la escolta imperial que envié un mensajero a las fortificaciones del norte para que redoblen las vigilancias sobre las montañas y que los exploradores tomen nuevas rutas para lograr descubrir el sitio por donde las hordas del Grownder irán a pasar.

Días después, los barcos se detienen en la costa del río, y un pequeño grupo desciende y se interna en el bosque con caballos. Horas más tarde, el grupo llega hasta la morada de las amazonas que los reciben, esta vez, con alegría.
- Sean todos bienvenidos, saluda la reina, visiblemente contente de volver a ver a todos.
- Es un honor para nosotros saludarla nuevamente se alteza - contestó el emisario imperial.
- Dejémonos de formalidades Ernest y dime ¿cómo te sientes?
- Gracias a mis hijas y sus amigos, ahora estoy bien, pero no creo que hubiera podido aguantar más tiempo sin decir al Señor del Grownder todo lo que quería, ya que mis años de estudio en defensa contra el Grownder, ya no eran suficientes, sobre todo por el necromante que apareció dos días antes de que me rescatarán…
- ¡Necromante....
- Si y me atormentaba cada cierto tiempo.
- Por la diosa Sis, ¿cómo pudiste soportar tanto tiempo?
- Gracias a tus consejos…
- Bueno, ya estas a salvo ahora, y por un tiempo voy a tener que pedirte que te quedes con nosotras, para liberarte de los efectos secundarios que los necromantes causan en las mentes humanas.
- Te agradezco mucho, pero debo volver de inmediato al palacio para contar todos los planes de Lord Radgon. Y quisiera pedirte que convoques a todas tus amazonas y estén listas para acudir al llamado del emperador en caso de necesitarlas. Ojalá no haga falta.

Fin Libro 1

Se terminó de imprimir en la
Imprenta Digital de
MB EDICIONES
en AGOSTO 2020

www.ingramcontent.com/pod-product-compliance
Lightning Source LLC
LaVergne TN
LVHW050348160826
845677LV00014B/3848

* 9 7 8 9 9 9 2 5 9 9 9 0 7 *